피아노로 가는 눈밭

피아노로 가는 눈밭

임선기 시집

창비

차
례

제1부

제2부

제3부

제5부

제 1 부

꿈 1

가을은 투명하다

모순과 모순 사이에 서 있다

그리고 겨울은

스스로 기다림을 줄이는 계절.

손편지를 쓰고 손편지를 받던

꿈이 있었지.

꿈 2

우주에 떠 있었다
호버링 하는 새처럼
날개 없이

꿈에서 깨어났다
꿈은
돌아갈 길 없는 곳

겨울 들판
공중에서 우는 소리 들려
돌아다보니

이름 모를 새 한마리
제자리비행 하고 있다.

꿈의 원천

인도에서 여자가 나를 부른다
인도에 사슴벌레가 뒤집어져 있다
백지를 주며 화단으로 보내달라고 부탁한다
우는 여자 같기도 하다
나는 사슴벌레를 집어 화단으로 보내주었다
여자는 고맙다고 인사한 후 사라져갔다
나는 어디서 사슴벌레가 왔는지 궁금했다
차도를 건너온 것인지
화단에서 살 수 있을지 궁금했다
여자가 실은 사슴벌레가 아니었을까 궁금했다
사슴벌레는 보이지 않는다
전구들이 화단에서 깜박이고 있다

꿈의 열쇠

마그리트

어둠 속에서
말(馬)이 나타난다
문(門)이다

어둠 속에서
바람이 나타난다
시계다
12시 15분의

어둠 속에서
새가 나타난다
물병이다

어둠 속에서
여행 가방이 나타난다
여행 가방이다.

꿈의 건축은
창을 만드는 것

존재하지 않는 사실
로런에게

셰익스피어가 진 할로우였다는 건
아니면
진 할로우가 셰익스피어였다는 건

셰익스피어가 여자였다는 것만큼 또는
셰익스피어가 남자였다는 것만큼
존재하지 않는 사실이지

너의 시집
『존재하지 않는 사실들』이
존재하지 않는 사실이듯

세월도 그러하니

헤라클레이토스에 따르면

사람들은 외관에 깜박 속고 만다네
고대 그리스에서 가장 현명하였다는
호메로스도 그랬다는데

이 잡는 청년을 보고 흉하다 하였다지
사람들이 말하길
이를 안 잡으면 이와 함께 살아야 해요……

그랬다는데
호메로스는 맹인이었다니

이 또한 존재하지 않는 사실일까

착각

얼룩인 줄 알고 보았더니 구름이었다
남자인 줄 알고 보았더니 여자였다
외로움인 줄 알고 보았더니 고독이었다
시인 줄 알고 보았더니 소설이었다
괴로움인 줄 알고 보았더니 즐거움이었다
먼 곳에서 온 손님인 줄 알고 보았더니
먼 곳에서 온 나였다
집인 줄 알고 보았더니 여관이었다
착각인 줄 알고 보았더니 시였다

검은 백조

내가 본 가장 큰 장미꽃은
케임브리지에 살았다

내가 본 가장 큰 태양은
비응항
석양이었다

내가 본 가장 큰 손은
야학 교사 시절
어린 학생의 손이었다

내가 본 가장 큰 백조는
옛 왕궁 호수에서
호숫가로 다가오고 있었다
올라탈 수 있을 것 같았다

*

백조는 모두 희다는 인식으로 인해

검은 백조는 존재하지 않는 것이거나
상상으로만 여겨졌으나 17세기에
호주에서 검은 백조들이 발견되어
모든 백조는 희다는 명제는
거짓이 되었다

                            *

천상천하유아독존.

객관은 얼마나 작은 개념인가

스위치

스위치가
꿈과 현실 사이에 있다

스위치를 지우자

꿈도 현실도 사라진다

손에 들고 있던 수건이 사라지고

꿈에 붙어 있던 메모지도 사라진다

거울 안에 있던 나무가

나무 밖에 있던 강물이

사라진다.

안나 콘웨이도 사라진다.

여기는 그림이 아닙니다

불안한 언덕에 나무들이

거대한 구름장 아래

불안한 구름들

두 사람이 커다란 분화구를 내려다보는

실은 나무가 잘려나간 그루터기

사라진 계단.

집 없는 계단

덩그마니

벽이 뜯어져 있고 벽 안에 파이프들
식물들의 물관

「평화로운 왕국」과
「일상적 시간 속의 스물네번째 일요일」

여기는 그림이 아닙니다.

제 2 부

피아노로 가는 눈밭

눈밭을 걸어 피아노로 간다
가는 길에 한그루 나무
인사한다.
조용한 건물 지하 피아노는
땅에 묶여 있다
피아노를 들었다 놓는다
가난한 이들을 위한 저녁 미사를
준비한다
피아노에도 눈밭이 있다
피아노가 눈밭을 걸어갔다 온다
새 한마리 피아노에서 눈밭을 걸어
돌아오는 길에 인사를 한다.
문 닫고 나온다
피아노로 가는 눈밭이 펼쳐 있다.

대화

파주엔 눈이 많이 오죠?

네, 눈이 늘 있어요.

그래요? 눈이 어디 있죠?

지금은 다 녹아서 있어요.

아 그래요, 지금은 녹아서 있군요……

(파주엔 늘 눈이 있다!)

밤의 독백

밤이 조용히 말한다
아이들아 여기 눈을 두고 갔구나

눈은 녹지 않고 기다리고 있다

아이들은 꿈나라에서 잠이 한창이다

순수한 꿈을 꾸는 아이도 있다

두고 온 눈사람이 걱정인 아이이다.

밤이 고요히 말한다
아이들아 여기 눈으로 돌아오렴 날이 밝거든

눈 1

기다렸지만 눈은 오지 않았다
어느 곳에는 눈이 내렸다는 소식이 있다
잠시 내리는 눈을 보았으나
나의 눈이 아니었다
나의 눈은 나만이 아는 눈이다
나를 기다리게 하고
내가 기다리는 것을 아는 눈이다.

눈 2

눈이 고양이 울음을 운다.
내가 언제 너에게
밥을 주었나보다.

눈 3

나는 잠들어 있었다
깨어난다

잠들어 있는 사람을
깨워주는 일은
아름다운 일

아름다운 일이 내린다.

이미 깊은
눈이 내린다

눈을 나르는 사람이 되고 싶었지 1

길가의 아폴리네르
머리를 다쳤네

얼마나 사랑을 했던가
사랑받지 못한 사랑을

아무 말 말아요 이 순간
민들레가 움직이고 있네

*

물들이 둥글게
돌들을 넘어간다.
낮은 곳으로

그곳이 낮은 곳이다
세상에 높은 곳은 없다

*

겨울도 크기가 있을까
아주 큰 겨울은
아주 많이 눈이 오는 날일까
아이들이 많은 날일까
영혼은 겨울 케이크
그런 날도 있을까

눈을 나르는 사람이 되고 싶었지 2

이층 베란다에서 저녁을 먹고 있었다
최고의 포도주는 너의 식당에서 가져온 것
대서양을 왕복하는 선박 주방에서 일할 때
쓰던 칼들이 커다란 철제 여행 가방에 가득했다
은빛들이 흘러넘쳤다
석양을 보면서 제라늄을 보면서 몇마디 했다
와인하우스의 사랑의 불의 층수에 대해
20세기 과학기술이 못 고치는 감기에 대해

*

고양이처럼
길은 몸을 쭉 폈다가 나아간다
조용히 다가와 몸에 기대는 눈송이
나를 쓰다듬어준다
성당 뜨락
우리가 공감이라 부르는 라벤더
까치가 부삽을 들고 날아간다

*

오늘은 구름이 모양을 만들지 않는다.
적적하다

조마이섬
갈밭새
매착없이
굴쩍시
천희……

이름만으로도 시가 된다.

눈을 나르는 사람이 되고 싶었지 3

나뭇가지에서 태어나 나뭇가지에서 살았다

사슴뿔에서 태어나 사슴뿔에서 살았다

케르테스의 길 잃은 구름이 나이다

*

구급차에 실려 가면서 명상을 했지

자신을 부두에 묶고 떠나는 배였어.

나는 명상을 하면서 구급차에 실려 간다네

문상을 가지 않고 검은 넥타이를 매고 있어.

*

어느 날 병 속 편지가 도착했다

문자는 보이지 않았지.

나는 텅 빈 언어를
다시 텅 비게 해서 보낸다네

눈을 나르는 사람이 되고 싶었지 4

부드럽게 말해도
상처가 될 수 있는 세상에 살고 있다

*

꿀벌은 꿀벌의 춤을 춰서
꿀이 어디 있는지 알려준다
태양의 위치를 기준으로
각도를 재서.
나는 나의 춤을 춰서
꿀이 어디 있는지 알린다

*

눈이 내린다.
아무것도 가리지 않은 그대가
아무것도 가리지 않은 나에게로 가서
만나고 있다

겨울이 온다는 것도 하는 말일 뿐이다
겨울이 간다는 것도 하는 말일 뿐이다
겨울도 하는 말일 뿐이다

제 3 부

목소리

시를 갖는 건 잠시 자신의 목소리를 갖는 것
목소리는 내려가서 12월쯤을 걷는다.
시간의 협곡이 펼쳐 있고 바람꽃들이 펼쳐 있다
시를 갖는 건
잠시 바람꽃들이 흩날리는 것을 갖는 것.

퇴계의 시

버드나무 동구(洞口)에 말 한필 매여 있고
시(詩) 보러 간 주인이 되어본다

정자에 앉고 고쳐 앉으면
뼈 뚫는 청마(靑馬)를 본다

그래도 화사한 애인의 숨결 같은 매화는
잊을 수 없다

시인

별이 보이지 않는 도시에 거주한다
공처럼 튀어 오르기도 하고
공을 벗은 바람이 되기도 한다.
바람은 불과 놀며
술이 되고 황금도 되나니
우주는 정보가 갈 수 있는 한계라는 말은
철없는 말
별이 보이지 않는 곳에 거주하는 것이
문제이다.
높은 천장을 갖고 싶다는 말을 들은 적이 있다.

편지

벽이 두채 바람에 휘어져 있었고

보이지 않는 무덤이 멀리까지 나를 이끌고 있었고

한쪽에는 숨어 있는 해변이 있었고

무엇보다 작은 흰 꽃들이 피어 있었는데

나는 잠시 반지를 끼고 꽃들과 대화를 했죠.

그러다 그만 가슴이 아파졌죠.

둘레길을 알려줬는데, 가지 못했어요

하지만 다음에 가기로 했죠. 바
다를 봤어요
습지 옆을 지나고 있던 바다. 일어나자마자.

그리고 보니 자크 루보의 다음 시가 있네요:

일어나자마자

일어나자마자(4시 반이나 5시), 부엌 식탁 위에 놓인 사발을 잡는다. 전날 저녁 꺼내놓은, 부엌에서 많이 움직이지 않도록, 가급적 소리 내지 않기 위해.

나는 그렇게 한다. 매일매일. 습관적으로? 그보다는 습관을 살리기 위해. 조용함은 더이상 사소한 것이 아니다.

습관을 살리며 사는 사람…… '조용함'

아침 기사(記事)에서는
새가 사라지고 있어요
아시아에서는 딱새가
유럽에서는 멧비둘기가
태평양에서는 앨버트로스가
줄어들고 있습니다
기러기는 절반 이상이

사라지고 있어요

네크로시스……

새벽 4시
누구의 잠도 흔들지 않으려 조심조심
일어나 조심조심 젓는
커피 소리들이 있었습니다.

비둘기들이 걸어다니는 잔잔한 지붕이 보이는
해변 묘지

바람이 일어난다! 살도록 애써야 한다!

점심 시

오늘 점심은

오하라의 점심 시를 먹는다.

양이 많아
남겨둔다.

후식은 진관사 아래
훌륭한 물소리.

야생 기러기떼*

나는 알게 되었습니다 당신 덕분에
이 세계가 야생 기러기떼라는 것을요.
내가 절망을 말해도
세상은 절망하지 않고 야생 기러기떼는
고향으로 돌아간다는 것을요
나를 부른다는 것을요.
나는 간밤에 그것을 알게 되었으니,
당신은 야생 기러기떼처럼 이 세계처럼 내게
말해주고 말해주고 있습니다 그리하여
나는 친구들에게 편지를 썼어요. 그리고
프로빈스타운으로 날아가고 있습니다.

* 메리 올리버 「Wild Geese」를 읽고.

빈랑나무 열매[*]

오스트레일리아 퀸즐랜드의 끝에서 북으로 백 마일을 가면
모든 사람들이 여러 언어를 사용하는 섬이 있는데
빈랑나무 열매를 달라는 말을
빈랑나무 열매, 그것이 온다
라고도 한다.
빈랑나무 열매는 씹으면
알코올이 나온다 이것을
나누는 것은 문화적으로 중요하고
빈랑나무 열매의 제공은
우정을 의미한다
빈랑나무 열매를 받아들이거나 요청하는 건
그것들에 마법이 걸려 있지 않음을 믿는다는 신호이다.

[*] 수잰 로메인 『사회 속의 언어』.

메타포라

메타포라
이것은 기계가 아니지
장치가 아니야
이것은
그리스 하늘을 날던
영혼의 새
그리스인들이
고개 젖히고 바라보던
영혼의 새지.

소녀

의미는 처음에 상징으로 만들어진다
만들어진 의미는 있지만
의미는 새로 만들어진다.

소녀는 처음에 상징으로 만들어졌다
소녀는 만들어진 의미가 있지만
의미는 새로 만들어진다.

소녀는 언어
송아지도 언어
소녀가 송아지에게 풀을 먹인다.
풀도 언어
언어가 언어에게 언어를 먹인다

예술

물을 많이 주었더니
뿌리가 썩었다
해를 많이 주었더니
잎들이 탔다
기르는 것은 임이고
사랑은 임을 기르는 것인데
기르는 데는 방식이 있어서
방식을 배워야 한다.
사랑의 방식은
사랑의 기술
사랑의 기술은
혁명의 기술
복사씨와 살구씨의 기술…
사랑을 알 때까지
자라야 하는 기술……

그림

잎들로 이루어진 화폭
잎들만 보이는데

제목이 '의자'이다.

잎들 저편에
의자가 있다는 것이다.

어느 사진가

사막에서 자연의 얼굴을 보았다

그림자를 만들지 않는 태양

새벽에 기다린다

세계는 그림

한옥 벽면에 묻힌 나무
결

한지에 번진 붓
질

눈벌판을 지나는 강
물

Death Valley에 산다.

수영장으로 쏟아지는 물, 서울

어떤 물은 작은 관으로
어떤 물은 큰 관으로
쏟아진다 어떤 물은
가는 선으로
쏟아지다가. 비가 되고
어떤 물은 아치 모양으로 떨어지고
어떤 물은 꽈배기들이 되어 있다.
자유를 만들면서 평화를 만드는 법은 무엇인가

파블로 피카소로부터

영향받은

월리스 스티븐스로부터

영향받은

데이비드 호크니의 푸른 기타로부터 영향받은

푸른 기타

음악

초인종을 누르면

늦게 도착한 이에게도

환히 켜지는 집.

내려오는 계단 소리

늦은 밤까지
이어지는 대화

귀 쫑긋하고 듣는 채마밭

원초적 소리들

햇빛이 풀밭을 지나는 소리
나뭇잎들을 바람이 지나는 소리
물방울 소리
심전도 그리며 나비 나는 소리
내 핏줄의 끝 해변에서
새들 오르내리는 소리
앉아 쉬고 있는 소리⋯⋯
미래적 소리들

제 4 부

구름 아래 산책 1

거인들이 땅에서 솟아오른다

나무들이 얼굴을 만들고 있다

놀이터. 아이들 소리
독일어로
들리는 것은 듣는 것

바람개비 언덕. 바람이 바람개비들을 돌리고 있다
바람개비들이 바람을 돌리고 있다
돌리는 것은 돌려지는 것

구름 아래 산책 2

하늘에서 떨어지는 물을
비라 부른다

하늘에서 떨어지는 물을
눈이라 부른다

지상에서
물이
비와 눈을
가장 잘 안다

은평에서 1

빗방울들 떨어지는
창릉천 변

삼백년 전
금암기적비(黔巖紀蹟碑)

수십보 앞
하마비(下馬碑)

말에서 내린다.

창릉천은 덕수천이었다
덕수(德水)는 억수
이색 선생의 시를 보니
비가 많이 내렸다.

은평에서 2

새로 생긴 물결들이
커다란 하트 모양을 만들고 있다

목 꺾고 잠들어 있는 아침 새들이 있다

장미꽃들을 따라가면 안 보이는 숲에 이르게 된다

은평(恩平)은 은평(銀平)이다

박석고개에서는 기온이 내려간다

비닐하우스 꽃집 앞에서
불염포가 눈 맞고 있었다

쇠백로가 노란 신발을 신고 달려간다.

청송대

소나무를 듣는 언덕

소나무를 듣기 위해 가곤 했다

숲속의 향연이 펼쳐지곤 했다

두갈래 길이 있어서

프로스트가 생각나기도 했다

두갈래 길은 다시 만나는 길이다

기형도 시인이 플라톤을 읽은 돌계단이 멀지 않다

윤동주 시인이 기숙하던 핀슨 홀이 보인다

어느 날은 청설모를 만났으며 어느 날은 다람쥐를 만났다
어느 날은 까치를 만났으며 어느 날은 물방울들을 만났다

만남이 많은 곳이었다.

청송대라고 새겨진 입석이 있다

무악에서 신촌으로 조용히 내려가는 마른 개울이 있다

인천에서

해안가 초소에서
밤을 새웠다
밤새
적은 보이지 않고
눈송이들만
경계를 넘어오고 있었다

*

할머니가 돌아가시던 날
하늘은 우는 여자 같았다
추적추적 내리던 비
사랑병원 젊은 여의사도 울어주었다
둥둥 떠다니던 세포들
물가에 다녀오셨다 했다
나무들이 있었다 하셨다
새벽에는
가장 남루한 사람이 문상을 다녀갔다

*

어린 시절
전봇대 전깃줄에 앉아 있던 새들
오늘은
하이경의 「을왕리」에서 날아다닌다
나는 커다란 새처럼
걸어다닌다
풀등들 사이사이로
꿈이 들어와 있다

수종사

절집 마당
천년 바람 부는 데
묵언이란 팻말
옆
졸고 있는 백구.
이곳을 떠나면
다시 돌아온다는 말
불이문 아래

파리에서

풀들에서 들리는 속삭임
우리 언제까지나 가난하자.

사티는 말했지.
가난은
커다란 녹색 눈 소녀라고

어느 작가의 무덤 앞
돌멩이로 눌러놓은 쪽지
나부낀다

"당신 덕분에 살았습니다."

계획

스위스 어느 마을에 가면
어느 예술재단에서
나무 형상에
새집 같은 집을 지어놓고
예술가에게 잠시 빌려준다 한다.
입주를 올해 신청했거니와
말 그대로 새처럼
깃들여
새의 마음을 조금은 느껴보고
이해해보고
인간을 벗어나보려 한다.
다만 날개는 없으니
마음껏 날아보고
지내보려 한다.

오타루

한참을 걷다보면
내항이 나타난다

한참을 걷다보면
기찻길이 나타난다

한참을 걷다보면
식민지 조국이 나타난다

한참을 걷다보면
네가 나타나고

나는 멈춰 서서
한참을 걷는다

한참을 걷다보면
어디 있는지 알 수 없어서

한참을 걷다보면

등불 하나를 만나게 된다.

너의 손을 꼭 잡고 있게 된다.

어느 장례식

모차르트 피아노 협주곡 21번

중앙에
연필 한자루가 놓인다
하늘색

베토벤 로망스 2번

그랜드 투어가 시작되고 있다.

그랜드 투어

보이저 2호
1977 — 불확실
40년을 날아갔다
182억 킬로미터
빛도
16시간 이상을 가야 한다
현재 위치: 태양계 밖

보이저 1호
보이저 2호보다
늦게 출발
1977 — 불확실
보이저 2호보다
태양계 밖에 먼저 도착

보이저에는
55개의 언어
인사말들
'지구의 속삭임'

태양계는

체펠린 같은 배 모양.

숨을 쉬는 듯.

풍경 1

천천히 다가오는 전차에 밀려
천천히 다가오는 눈송이들
허공에서 사라지는 네덜란드어
자전거에 꽂혀 있는 커다란 해바라기
자전거 타고 있는 잔잔한 치마 입은 처녀
커다란 구근들 속 물잔 같은 꽃봉오리들
참새와 장미목도리앵무새와 장미 옷을 입은 동상
참새는 원주민 장미목도리앵무새는 이방인 장미는 가시
스피노자는 원주민이면서 이방인이었고 가시였다
Caute 나를 조심해서 여시오

풍경 2

차안과 피안 사이에서
강은 바다로 가고 있다

제 5 부

가을

뼈를 하나 꺾어
너에게 준 적이 있지.

이것으로도 저것으로도 눈을 가리지 말자.

부엉이 소리를 듣자.
바닥에서 말하는 소리 아니라
바닥이 말하는 소리
백지에서 말하는 소리 아니라
백지가 말하는 소리.
지금 보이는 것 들리는 것 모두
지나간 것이다
지금 보는 것 듣는 것 모두
지나간 것이다.

눈물과 이성

아버지는 눈물을 주셨고
어머니는 이성을 주셨다
나는 눈물을 이성으로 대하고
이성을 눈물로 대했다
그런데 이성과 눈물은 한가지이다.
눈물이었던 마른 눈물이었던 이성
나는 눈물을 이성으로 둥글게 접는다

별

별 하나 하늘에 있어
어릴 적 다락방에서 본 별이 있어
무심히도 유심히도 보다가
어느 날 별을 아는 선배에게
저 별이 무엇이냐 물었는데
무슨 별이 있냐고 하였다.
그래서 그 별을
유심히 보게만 되었는데
어느 하루 별이 불어나서
가족을 이루었다.
그리하여 나는 더는 외롭지 않다는 생각을 하게 되었고
더는 외롭지 않았다.

거울

거울을 들여다봤지만
나를 본 적 없네
나를 본 적 없으니
거울은 진실이군.
그래도
나라고 할 만한 것을
보여준
거울의 관대함이여!
거울은 원래
물이었다지
물만 한 거울 어디 있으랴

일기

오늘은 헨델의「라르고」를 듣습니다

천천히 살아야겠습니다
죄를 볼 수 있도록.

말*

문장에는 음성 곡선이 존재한다
태어나서 죽는다
말은 문장의 연쇄 문장의 연쇄에는
음성 곡선들이 존재한다 분당 스무번
태어나서 죽는다 억양으로 인해
문장은 생을 갖는다
대화에서
너와 나는
억양으로 연결되기도 한다.
나에게서 태어나서 너에게서 죽는
음성 곡선이 있다 너와 내가
문장의 생을 나눌 때가 있다

* 이반 포나기 『살아 있는 음성』 참조.

문장들

어떤 문장에는
걸려 넘어지지 말라고
등이 켜져 있다

어떤 문장은
작은 다리 같고
다리 아래를 지나는 사공의
노래가 들린다

어떤 문장은 풀밭을 지나는 외로움 같다

어떤 문장은
말하기 전에
은방울꽃을 들고
동네를 한바퀴 돌아야 했다

우드 와이드 웹

인간에게
월드 와이드 웹이 있듯

나무에
우드 와이드 웹이 있다.

도시 지하에
전화선들이 깔려 있듯

숲 지하에
전화선들이 깔려 있다.

벌레 때문에 아프다
목이 마르다

전화 받은 나무는
잎에 쓴맛을 추가하고
물을 나눠준다.

'내셔널 지오그래픽'에 따르면

숲은
어미 나무들이
어린 나무들을 기르는 곳이다.

벌목할 때
어미 나무들을 남겨두면
깊은 물을 길어다
새로 심은 나무들을 먹인다.

시 프로그래밍

좋았다(나·코스모스들)
같았다(X·연애편지들)

　　　다시 쓰기

나는 코스모스들이 좋았다
연애편지들 같았다

　　　삭제 변형

코스모스들이 좋았다
연애편지들 같았다

호모 바구니

말에는 바구니가 있다 어휘를 담는다 어떤 어휘는 날아와 담긴다 바구니 없는 곳에 온 어휘를 위해 바구니가 생기기도 한다 어휘가 떠나면 바구니도 사라진다 바구니는 투명해서 보이지 않는다

말의 바구니는 누구나 갖고 있다 바구니에서 바구니로 날아다니는 어휘도 있다 어휘가 날아가면 바구니에는 흔적이 남는다 말을 하지 않을 때 바구니는 비어 있다

바구니는 인간에게서 인간으로 유전된다 한다 늑대인간도 바구니가 있다 호모사피엔스는 바구니로 인해 살아남았다 너도 나도 바구니로 인해 존재하고 있다 호모사피엔스는 호모 바구니이다 호모사피엔스사피엔스는 호모 바구니이다

태초에 말이 있었다

목로에서였다
진화론에 따르면 우리 모두는
어쨌든 승자라 한다
살아남았기 때문이다
(살아남은 자가 승자인가?)
네안데르탈인은 사라지고
호모사피엔스는 남았다
호모사피엔스는 언어 덕분에
살아남았다 한다
언어 덕분에 빙하기를 지나왔다 한다
태초에 말이 있었고 그 말이
소아시아와 고대 그리스에서
인간 존재론의 기초가 되었다
인간은 말 속에서 존재하게 되었다
『논어』의 마지막 말도
"언어를 모르면 인간을 모른다"이다
살아남은 호모사피엔스사피엔스와
호모사피엔스사피엔스가 말을 주고받고 있다
빙하기를 지나고 있다

눈발이 내리고 있다

침묵

인간은 침묵에서 언어로 옮겨졌다
침묵의 집에 살다가
언어의 집에 산다
언어의 집에 산다는 것이
언어다운 집에 산다는 것은 아니다
침묵 지나
침묵 너머로 가려는 사람들
언어 지나
침묵 속에 산다
자연은 침묵 속에 있다
강아지도 강아지풀도 침묵 속에 있다
침묵 속에는
강아지의 언어와 강아지풀의 언어가 있다
언어 속에도 침묵이 있다
침묵의 언어는 우주에 펼쳐 있다
침묵은 미(美)처럼 펼쳐 있다

문체 연습

고다르. 창가에서

외부를 벗기면
내부가 나오고
내부를 벗기면
영혼이 나오지.

마크 야키치. 교실에서

현대는 양파다.
외부를 벗기면
내부가 나오고
내부를 벗기면
내부들이 나오고
내부들을 벗기면
아무것도 없다.
눈물이 난다.

아리스토텔레스. 산책길에서

문자를 벗기면 언어가 나오고
언어를 벗기면 영혼이 나온다.

플라톤

침대를 벗기면 침대의 침대가 나오고
침대의 침대를 벗기면 침대의 침대의 침대가 나온다.

서도호

집 속의 집 속의 집 속의 집 속의 집.

상승과 하강
구체와 추상
오르락내리락
내리락오르락

기하학을 아는 자 여기에 들어오라

본질에 대해 말할 줄 아는 자 여기에 들어오라.

진실

진실은 진리와 다르다고.
진실은 개별적이고
진리는 보편적이라고
절대적이라고.
그래서
나의 진실은
너의 진실이 될 수 없는 걸까.
그런데
한 사람의 깊은 진실은
모든 사람의 진실이 된다고도 한다.
「청동시대」는 그의 진실일까
얼마나 내려간 걸까

별 바라기

일식 때는
기압골이 변해서
바람이 달라진다 한다
바람이 달라지면 새들은
조용해지지만
개들은 모른 척한다고 한다

나일강 상류에 사는 거대한 석상은
새벽마다 운다고 한다
새벽이 석상의 어머니이기 때문이라는데
공릉천 변에서 나는 새벽마다 깨어 있다

어제는 니사나무라는 말을 배웠고
오늘은 미스김라일락이라는 말을 배웠다
모르는 말이 너무 많고 안다는 말도 실은 모르는 말이다

별 없이 걸을 수는 없다 그러나 별을 알고 걸을 수도 없다

여백의 깊이와 침묵의 언어

장철환

비인칭에서 텅 빈 언어까지

겨울, 언어의 극한에 오래 머물다 돌아온 시인이 있다. 침묵의 바다를 오래 항행하다 눈과 함께 귀환한 시인이라고도 할 수 있다. 임선기 시인이 그렇다. 그는 줄곧 "무언(無言)의 자리"(「파주에서」, 『항구에 내리는 겨울 소식』, 문학동네 2014)에서 침묵의 기미를 포착해왔다. 그것도 시적 주체와 연결된 탯줄을 소거하는 방식으로 말이다. '비인칭'은 이를 지시하기에 적합한 말이다. 그러니 우리가 먼저 살필 것은 귀환의 손짓이 아니라 비인칭의 낯빛이다.

눈이 오는 것이 아니다 차가 달리는 것이 아니다 내가 중국집에서 면을 먹는 것이 아니다. 오는 것이 눈이다 달

리는 것이 차이다 중국집에서 면을 먹으며 밖을 보는 것
이 나이다. 나는 그런 것의 합도 아니다. 그가 전화하는 게
아니다 전화하는 그가 있는 것도 아니다 전화하는 것이
그이다. 전화하는 것이 그라는 말이 던져져 있다.

                       —「비인칭」(『거의 블루』, 난다 2019) 전문

비인칭은 주체와 행위의 이분법을 파기한다. "전화하는
것이 그이다"를 보라. 주어의 자리에 놓인 것은 "그"가 아니
라 "전화하는 것"이다. 이는 '~오는(하는) 것'이 비인칭이
거주하는 장소임을 암시한다. 그리고 여기가 시적 주체가
사라지는 곳이다. 하나 이 말이 '비인칭은 무인칭'이라는 뜻
은 아니다. 오히려 그 반대이다. 비인칭은 사물을 포함한 다
양한 주체들이 모이는 장소이기 때문이다. 그렇다면 비인칭
의 주체가 '침묵의 기미'에서 건져 올린 것은 무엇인가? 답
은 명료하다.

   나는 텅 빈 언어를
   다시 텅 비게 해서 보낸다네

               —「눈을 나르는 사람이 되고 싶었지 3」 부분

"텅 빈 언어". 오랜 항해를 끝낸 배의 마스트에 걸린 깃발
이 이렇다. 이 말은 그의 항해가 도로에 그쳤음을 의미하는
가? 그렇지 않다. 「호모 바구니」에서 보겠지만, "텅 빈 언어"

는 언어의 본성적 상태로서 언어 사용의 '흔적'들을 지우려는 마음을 표현한다. 요컨대 "다시 텅 비게 해서 보낸다"는 말에 담긴 것은 실패의 고백이 아니라 언어의 원형적 상태를 회복하려는 마음이다. 그렇다면 "텅 빈 언어"는 어떻게 시적 공간을 확장하고 시적 언어를 해방하는가? 이에 대한 답이 『피아노로 가는 눈밭』에 고스란히 남아 있다. 이번 시집의 제목이 그 과정을 풍경으로 기록한 시를 호명하고 있다는 것은 얼마나 다행인가. 채비가 되었다면 이제 "눈밭"으로 나가보자.

두개의 눈밭을 지나 사라지는 주체

공간의 확장과 여백의 깊이를 보여주는 풍경이 있다면 그것은 단연 겨울 "눈밭"이다.

눈밭을 걸어 피아노로 간다
가는 길에 한그루 나무
인사한다.
조용한 건물 지하 피아노는
땅에 묶여 있다
피아노를 들었다 놓는다
가난한 이들을 위한 저녁 미사를

준비한다

피아노에도 눈밭이 있다

피아노가 눈밭을 걸어갔다 온다

새 한마리 피아노에서 눈밭을 걸어

돌아오는 길에 인사를 한다.

문 닫고 나온다

피아노로 가는 눈밭이 펼쳐 있다.

—「피아노로 가는 눈밭」 전문

이 시에서 주목할 것은 "피아노" 안팎의 공간의 깊이이다. "피아노"가 "건물 지하"의 "땅에 묶여 있"는 까닭은 알 수 없으나 그것을 "들었다 놓"음으로써 새로운 공간이 출현한다는 것은 분명해 보인다. "피아노에도 눈밭이 있다"는 시행이 명시하듯, "피아노"에 내재하는 그 공간은 놀랍게도 "눈밭"이다. 따라서 이 시에는 두개의 "눈밭"이 있다. 가는 목처럼 양자를 연결하는 "지하" 통로를 잠시 묻어둔다면 시의 공간은 '피아노 밖 눈밭'과 '피아노 속 눈밭'으로 나뉘는 셈이다.

공간의 깊이보다 더 신기한 것은 주체의 소실이다. 첫번째 공간의 "가는 길"과 두번째 공간의 "돌아오는 길"에서 "나무"와 "새"는 모두 "인사를 한다"는 점에서 누락이 없다. 그런데 두번째 공간을 '걷는' 주체가 "피아노"로 명기된 것과 달리 첫번째 공간을 '걷는' 주체는 생략되어 있다. 그러니까 유독 첫번째 공간을 '걷는' 주체만이 시적 공간에서 사라지고 있는 것이다. 마치 "눈밭"에 묻히기라도 한 것처럼. 여기에 "문"을 닫고 나온 자에 대한 의문이 더해진다. "문"이 "건물"의 부속물이라는 것을 확증할 증거는 없다. 시의 구조와 시행의 위치를 고려하면, "문"은 밖에서는 '피아노 밖 눈밭'에 가깝지만 안에서는 '피아노 속 눈밭'에 인접한다. 그 결과 "문"을 닫고 나온 자가 "피아노"인지 누락된 주체인지 알 수 없게 된다.

두 공간에 '현실'과 '상상'이라는 말을 붙이는 것은 대수가 아니다. 중요한 것은 양자가 접속한다는 것, 그리고 그 접합면으로 누군가 사라진다는 사실이다. 그러므로 시의 풍경은 단일하지 않다. 풍경을 벗기면 다른 공간이 나타나는데, 이때 "문"은 두개의 공간이 하나로 열리는 지점이다. "잎들 저편에/의자가 있다는 것"(「그림」)도 같은 말이다. 그러니 풍경이 부풀어 오르는 지점을 찾아야 한다. 단, "Caute 나를 조심해서 여시오"(「풍경 1」). 풍경의 꺼풀을 벗기기 전에 '스위치'부터 찾으라는 뜻이다.

스위치가
꿈과 현실 사이에 있다

스위치를 지우자

꿈도 현실도 사라진다

손에 들고 있던 수건이 사라지고

꿈에 붙어 있던 메모지도 사라진다

거울 안에 있던 나무가

나무 밖에 있던 강물이

사라진다.

안나 콘웨이도 사라진다.

──「스위치」 전문

안나 콘웨이의 그림 「그런 일은 일어나지 않을 거야」(It's not going to happen like that, 2013)는 말하자면 「스위치」의 '스위치'이다.* 그림의 제목은 그림 속 거울에 붙어 있는 메모지의 문구에서 따온 것이다. 여기서 '그런 일'은 그림 속 거울이 반사하는 실내 풍경을 지시하는 것 같다. 응시자 쪽에서 보았을 때 거울에 비친 벽과 천장의 기울기가 현실에

---

* 안나 콘웨이의 그림은 웹사이트(www.anna-conway.com)를 참조.

서는 불가능한 일처럼 보이기 때문이다. 오히려 거울 속 이 미지는 창문을 통해 바라본 풍경에 가까운데, 이러한 정황은 거울이 안과 밖이 공존하는 지점임을 암시한다. 아울러 안나 콘웨이의 그림에는 사람이 '거의 있지 않다'. 이는 사람이 드물다는 뜻이기도 하지만, 무엇보다도 그림 속 인간들이 거대한 풍경에 압도되어 거의 없는 것처럼 보인다는 뜻이다. 이렇게 말할 수도 있겠다. 그림 속에는 "나라고 할 만한 것"(「거울」)이 거의 없다고.

시와 그림의 접속은 「여기는 그림이 아닙니다」에서도 발견된다. "벽이 뜯어져 있고 벽 안에 파이프들/식물들의 물관"은 안나 콘웨이의 그림 「평화로운 왕국」(Peaceable Kingdom, 2012)과의 접합면이다. 안나 콘웨이가 그린 것은 실제의 초원이 아니라 초원이 그려진 벽이다. 그녀는 벽 뒤의 "파이프들"을 드러냄으로써 '평화로운 왕국' 내부가 문명에 의해 잠식되었음을 상징적으로 보여준다. 반면에 시는 이 "파이프들"을 "식물들의 물관"으로 호명함으로써 그림과는 반대의 방식으로 문명과 자연, 두 세계를 잇고 있다. 이와 같은 접합면은 "두 사람이 커다란 분화구를 내려다보는//실은 나무가 잘려나간 그루터기"에서도 발견된다. 그림 「일상적 시간 속의 스물네번째 일요일」(Twenty Fourth Sunday in Ordinary Time, 2007)에는 거대한 "그루터기"가 나오는데, 시는 이를 "분화구"로 명명함으로써 나무 내부를 마그마가 들끓는 공간으로 전변시킨다. 이런 방식으로 시는 이질적인 두 공간을 접합한다.

「스위치」가 주목하는 것이 바로 여기, 즉 "스위치"처럼 이질적인 두 공간이 경계를 이루는 지점이다. "스위치를 지우자//꿈도 현실도 사라진다"는 구절은 경계가 사라질 때 두 공간의 구분 또한 사라진다는 것을 보여준다. 「피아노로 가는 눈밭」에서 "문"이 사라지면 안과 밖의 구분이 사라지고, 「풍경 2」에서 "강"이 사라지면 "차안과 피안"의 구별이 사라지는 것과 같은 이치이다. 더욱 절묘한 것은 "스위치"가 그림 밖의 세계를 지울 때이다. 마지막 행에서 사라지고 있는 "안나 콘웨이"를 보라. 그림 속 사물들("수건" "메모지" "나무" "강물")이 사라지는 것과 "안나 콘웨이"가 사라지는 것은 다른 차원의 일이다. 그녀는 그림을 그린 자가 아닌가. 물론 지금 당장 우리 눈앞에서 '그런 일'은 일어나지 않을 테니 안심해도 좋다. 그러나 시적 공간 안에서 '그런 일'이 벌어지지 않을 거라고 장담할 수는 없다. 그러니 이제 '돌아가시오, 식은 끝났으니'(Ite, missa est).

언어 지나 침묵 속에

미사(missa)는 끝났지만 '그런 일'은 아직 끝나지 않았다. 다만 이번에는 말이다. 말이 우리를 "바구니"로 데려가도 놀라지 마시길.

말에는 바구니가 있다 어휘를 담는다 어떤 어휘는 날아
와 담긴다 바구니 없는 곳에 온 어휘를 위해 바구니가 생
기기도 한다 어휘가 떠나면 바구니도 사라진다 바구니는
투명해서 보이지 않는다

말의 바구니는 누구나 갖고 있다 바구니에서 바구니로
날아다니는 어휘도 있다 어휘가 날아가면 바구니에는 흔
적이 남는다 말을 하지 않을 때 바구니는 비어 있다

바구니는 인간에게서 인간으로 유전된다 한다 늑대인
간도 바구니가 있다 호모사피엔스는 바구니로 인해 살아
남았다 너도 나도 바구니로 인해 존재하고 있다 호모사피
엔스는 호모 바구니이다 호모사피엔스사피엔스는 호모
바구니이다

—「호모 바구니」 전문

「호모 바구니」는 언어의 인식론이자 존재론이다. "말에는
바구니가 있다"는 단언은 언어가 공간의 층위에서 인식될
수 있음을 설파한다. 여기서 난제는 "바구니는 투명해서 보
이지 않는다"는 것인데, 보이지 않는다면 어떻게 그것의 존
재를 인식하는지에 대한 의문이 제기되기 때문이다. 시 안
에서 이를 입증할 단서를 찾기는 쉽지 않아 보인다. 이는 역
설적으로 지금의 문제가 언어의 직감과 관련된 것임을 암시
한다. 즉 "말의 바구니"는 문법과 같은 추상 체계가 아니라

발화의 순간에 비로소 실감되는 실체와 같은 것이다. 눈에 보이지 않는다고 유리를 추상이라고 말하는 사람은 없을 것이다.

2행에서 우리의 눈을 사로잡는 것은 "날아다니는 어휘"의 신기로움이다. 마치 둥지를 날아오르는 새처럼 "어휘"는 "바구니에서 바구니로 날아"다니는데, 여기서 우리는 "영혼의 새"(「메타포라」)를 발견하는 기쁨을 누린다. "흔적"은 두 가지 점에서 의미심장하다. 첫째, "영혼의 새"의 착륙과 비상을 보여주는 증거라는 점. 둘째, "텅 빈 언어"를 "다시" 비우는 이유를 설명한다는 점. 그러니까 그는 "영혼의 새"들을 위해 둥지를 "흔적" 없는 깨끗한 상태로 비워두는 것이다.

마지막 행은 인간이 언어적 존재임을 천명한다. "말의 바구니"가 유전된다는 사실과 함께 그것이 인간 존재를 가능케 했다는 사실을 강조할 필요가 있다. "호모사피엔스사피엔스는 호모 바구니"라는 말은 인간이 '언어적 존재'(Homo loquens)임을 고지한다. 이런 규정은 "인간은 말 속에서 존재하게 되었다"(「태초에 말이 있었다」)는 인식과 동궤를 이룬다. 유전되는 "말의 바구니" 안에 인간이 거주한다면 언어를 규명하는 일은 인간의 기원을 규명하는 일이 될 것이다. 이렇게 '바구니론'은 인간 존재의 계보학이 된다.

　인간은 침묵에서 언어로 옮겨졌다
　침묵의 집에 살다가

언어의 집에 산다
언어의 집에 산다는 것이
언어다운 집에 산다는 것은 아니다
침묵 지나
침묵 너머로 가려는 사람들
언어 지나
침묵 속에 산다
자연은 침묵 속에 있다
강아지도 강아지풀도 침묵 속에 있다
침묵 속에는
강아지의 언어와 강아지풀의 언어가 있다
언어 속에도 침묵이 있다
침묵의 언어는 우주에 펼쳐 있다
침묵은 미(美)처럼 펼쳐 있다

─「침묵」 전문

　"침묵의 언어"에 이르는 인간의 도정을 단박에 이해하는
것은 쉽지 않다. "언어다운 집" 이후에 등장하는 "침묵"들이
각기 다른 말을 하기 때문이다. "언어다운 집"이 미래에 거
주해야 할 집이라는 사실을 염두에 두고, "침묵 지나/침묵
너머"로 가는 길과 "언어 지나/침묵 속"에 사는 길을 분별해
보자. 먼저, 전자는 언어 이전으로 향한다. 현재 인간이 "언
어의 집"에 거주하기 때문에 "침묵 너머"로 가기 위해서는

과거의 "침묵"을 경유할 수밖에 없다. 여기서 "침묵 너머"를 특정하는 것은 불가능한데, 그곳이 "언어" 이전의 세계이기 때문이다. 마치 플라톤의 '이데아의 이데아'처럼 인간과 그의 언어가 그곳에 거주하는 것은 불가능해 보인다.

이에 비해 후자는, "산다"가 보여주듯, 거주가 가능한 곳처럼 보인다. 흥미로운 것은 이 거주지에는 주체가 없다는 점이다. 사라지는 주체가 이질적인 두 공간의 접합을 암시한다는 것은 앞서 거론했다. 따라서 "언어"는 안과 밖의 접합면, 다시 말해 '언어 밖 침묵'과 '언어 속 침묵'이 만나는 장소가 된다. "언어"의 안팎이 "침묵"이라는 사실에 기대어 언어의 왜소증을 진단하는 우를 범하진 말자. 반대로 "침묵"은 "언어"가 탄생하는 태반이다. 이는 자연과 사물이 예증한다. "숲 지하에/전화선들이 깔려 있다"(「우드 와이드 웹」)를 보라. 그리고 "백지가 말하는 소리"(「이것으로도 저것으로도 눈을 가리지 말자」)를 들어보라.

"침묵의 언어"가 의미하는 바가 바로 이것이다. "침묵"과 "언어"는 평행선이 아니다. "두갈래 길은 다시 만나는 길"(「청송대」)이 방증하듯, 양자는 "언어다운 집"에서 한 가족이다. 하여 "침묵의 언어"의 서사시로부터 발굴해야 할 것은 마지막 문장이다. "침묵은 미(美)처럼 펼쳐 있다"에서 "미(美)"는 "언어다운 집"이 무엇을 보존하는지를 분명하게 보여준다. 사라진 "눈"은 없는 것이 아니라 "다 녹아서 있"(「대화」)다는 말은 "침묵의 언어"의 아름다움을 보여준다. 이렇게 말할 수도 있겠다. "침묵의 언어"는 시적 우주의 암흑물질이라고. 여기에서 우리는 '침묵의 언어학자'가 왜 '침묵의 시인'일 수밖에 없는지를 납득하게 된다. 단언컨대 이번 시집은 "침묵의 언어"에서 태어났다.

언어 안팎을 잇는 방법

"침묵의 언어"와 같은 시적 우주의 암흑물질을 능수능란하게 다루는 것은 어려운 일이다. 그것은 "언어"의 안과 밖을 가로지르면서 "미(美)"를 잉태하는 일이기 때문이다. 이때 필요한 것이 "사랑의 기술"이다.

> 물을 많이 주었더니
> 뿌리가 썩었다
> 해를 많이 주었더니
> 잎들이 탔다
> 기르는 것은 임이고
> 사랑은 임을 기르는 것인데
> 기르는 데는 방식이 있어서
> 방식을 배워야 한다.
> 사랑의 방식은
> 사랑의 기술

사랑의 기술은

혁명의 기술

복사씨와 살구씨의 기술…

사랑을 알 때까지

자라야 하는 기술……

―「예술」전문

　"임"에 이르는 길은 무엇인가? 시는 "임을 기르는 것"이 "임"에 이르는 길임을 역설한다. 이때 필요한 것이 "사랑의 방식"이다. 사랑하는 방법을 모르는 자가 어찌 "임"에게 당도할 수 있겠는가. 예술도 그렇다. 하나의 작품이 탄생하기 위해서는 제때 "사랑의 기술"을 배워야 하는 것이다.

　그렇다면 "사랑의 기술"은 어떻게 "혁명의 기술"로 전이되는가? 김수영의 「사랑의 변주곡」이 예시하듯, "사랑"이야말로 분할된 두 세계의 경계를 철폐하는 힘이다. 공간의 층위에서 본다면 "사랑의 기술"은 "임"을 '나'의 내부에 품는 방법이다. 이를 위해서는 단단한 자아의 꺼풀을 찢고 "임"의 공간과 접속해야 한다. 이렇게 "사랑을 알 때까지" 자라지 않는다면 "혁명"은 도래하지 않는다. 이런 맥락에서 "사랑"은 미래의 시간을 선취한다. "문체 연습"이 필요한 것도 이 때문이다. "침묵의 언어"를 다루는 시인이라면 더욱 그렇다.

　플라톤

침대를 벗기면 침대의 침대가 나오고
침대의 침대를 벗기면 침대의 침대의 침대가 나온다.

서도호

집 속의 집 속의 집 속의 집 속의 집.

상승과 하강
구체와 추상
오르락내리락
내리락오르락

기하학을 아는 자 여기에 들어오라

본질에 대해 말할 줄 아는 자 여기에 들어오라.

— 「문체 연습」 부분

"침묵의 언어"에 도달하는 다섯가지 방법이 있다. 인용하지는 않았지만 고다르는 '외부→내부→영혼'에 이르는 누벨바그의 길을 상영한다. 마크 야키치는 '외부→내부(들)→무'에 이르는, 말하자면 "양파"를 까는 일의 무상함을 "눈물"로 호소한다. 소요학파답게 아리스토텔레스는 '문자→언어→영혼'에 이르는 길을 걷는다. 이때 "영혼"은 고 다르의 그것과는 다르다. '형상'(eidos)과 '영혼'(soul)은 구별되어야 한다. 플라톤은 '침대→침대의 침대→침대의 침대의 침대'에 오르면서 '이데아의 이데아'를 상기한다. 관람할 것은 서도호의 길이다. 그는 '집→집 속의 집(들)'으로의 길을 전시하는데, "집 속의 집"은 "집"의 영혼도 형상도 이데아도 아니다. 서도호의 설치미술 '집 속의 집' 연작이 보여주듯, 그것은 이질적인 두 공간(동양과 서양, 전통과 현대 등)의 만남이다. '리움'과 같은 현대식 갤러리에 걸린 '나부끼는 한옥'은 대표적인 예이다. 이런 면에서 그의 길은 「피아노로 가는 눈밭」의 그것과 마찬가지이다.

방식은 다르지만 이들은 경계로 분할된 두 공간(구체와 추상, 현상과 본질, 위와 아래, 안과 밖 등의 이항대립)의 관계와 배치에 대한 성찰을 보여준다. 각각의 방법들을 주관과 객관으로 나누고 시시비비를 가리는 것은 시인의 몫이 아니다. "객관은 얼마나 작은 개념인가"(「검은 백조」)를 보라. 중요한 것은 다시 "사랑의 기술"이다. 주관과 객관의 경계를 철폐하고, 서로 다른 두 공간과 시간을 잇는 것. 이렇게 "침묵의 언어"는 "사랑을 알 때까지" 기표와 기의를 잇는 데 열중한다. 그러니 필요한 것은 접합의 기술이고, "문체"가 그것을 알 때까지 "연습"해야만 하는 것이다. 시인이 언어의 극한에서 "문체 연습"에 심혈을 기울이는 이유가 여기에 있다.

실제로 그렇다. 이번 시집 곳곳에서 우리는 "문체 연습"의 흔적들을 발견할 수 있다. 한편이 통째로 "연습"에 헌신하는 시도 여럿이다(「편지」「파블로 피카소로부터/영향받은……」「시 프로그래밍」을 보라). 시의 일부에서 "문체 연습"을 발견하는 것은 훨씬 쉽다. "연습"은 앞으로 더 빈번하고 격렬해질 것이다. "사랑의 기술"을 익히려는 그의 열정과 비례하기 때문이다. 그러니 '낯설다' '이상하다'라는 말은 적절치 않다. 아주 오래전부터 그는 언어의 안팎에서 "사랑의 기술"을 터득하는 데 전력을 기울여왔으니. 비록 "눈밭"에서 비인칭으로 사라진다고 할지라도……

꿈, 잠시 동안 하는 말

마침내 '꿈'을 말할 시간이 되었다. 그동안 배면에 있던 '꿈'이 이번 시집의 1부에 전경화되었다는 것은 의미심장하다. 비인칭 너머의 주체를 넌지시 암시하고 있지 않은가. '눈을 나르고 싶은 사람'이 이제 무대에 오른다. 그러니 그의 첫 독백, "손편지를 쓰고 손편지를 받던//꿈이 있었지"(「꿈 1」)를 놓쳐서는 안 된다. 그는 "꿈"의 상실, "꿈은/돌아갈 길 없는 곳"(「꿈 2」)임을 고백하는 듯하다.

그러나 무대는 아직 끝나지 않았다. "눈을 나르는 사람"이 되고 싶다는 '꿈'은 아직 설명조차 되지 않았다. "나의 눈은 나만이 아는 눈이다/나를 기다리게 하고/내가 기다리는 것을 아는 눈이다"(「눈 1」)를 보건대 "눈"은 과거-현재-미래를 잇는 "문"이다. "눈"을 오래 눈여겨본 이라면 "나만이 아는 눈"과의 만남이 얼마나 "아름다운 일"(「눈 3」)인지를 실감할 수 있을 것이다. 기다림은 이러한 "아름다운 일"에 대한 소망에서 비롯한다. 이것이 "눈을 나르는 사람"이 되려는 이유를 설명한다. 다시 말해, 누군가에게 "눈"을 나르려는 '꿈'은 그 안에 담긴 "아름다운 일"을 전하는 마음과 같다. 이렇게 과거와 현재로 분리되어 두 공간에 차폐된 이질적인 존재들이 "눈"에서 하나로 만난다. 그러나 그곳은 '닫힌 문' 곧 "돌아갈 길 없는 곳"이었다. 이때 필요한 것이 봉인을 해제하는 열쇠, 그것이 새로 발굴되었다는 사실도 놓쳐서는 안 된다. "꿈의 건축은/창을 만드는 것"(「꿈의 열쇠」)이라는 말이 바로 그것이다. 상실한 "꿈"으로 들어가는 "창"이 있는 것이다. 시가 그렇다.

> 시를 갖는 건 잠시 자신의 목소리를 갖는 것
> 목소리는 내려가서 12월쯤을 걷는다.
> 시간의 협곡이 펼쳐 있고 바람꽃들이 펼쳐 있다
> 시를 갖는 건
> 잠시 바람꽃들이 흩날리는 것을 갖는 것.
> ──「목소리」 전문

"시를 갖는" 것은 시와 만나 그와 하나의 공간이 된다는 것을 의미한다. "잠시 자신의 목소리를 갖는 것"도 같은 뜻이다. 먼저 "잠시"는 잠시 놓아두고, "자신의 목소리"에 집중해보자. 역설적이지만 "자신의 목소리"는 타인의 목소리에 점유된 상태를 전제한다. 마치 도시의 빌딩 숲에 갇힌 "케르테스의 길 잃은 구름"(「눈을 나르는 사람이 되고 싶었지 3」)처럼 말이다. 따라서 "자신의 목소리를 갖는 것"은 자신의 길을 되찾는 일이기도 하다. 「야생 기러기떼」는 이를 "나를 부른다는 것"을 알게 되는 일이라고 감동적으로 전한다. 바로 그때 시의 내부에서 "12월쯤"의 "시간의 협곡"이 움튼다. 그러니 그 속에서 "바람꽃들이 흩날리는 것을 갖는 것"은 낯설지 않은 일. "푸른 기타"(「파블로 피카소로부터/영향받은……」)의 목에서 부풀어 오르는 소리를 듣는 것도 전혀 낯설지 않은 일. 우리가 시를 가질 때 "자신의 목소리"가 벌이는 일들이 이러하다.

　이제 묻자. 왜 "잠시"인가? "잠시"는 시적 공간에 오래 거주할 수 없음을 암시한다. 어쩌면 우리는 "부드럽게 말해도/상처가 될 수 있는 세상"(「눈을 나르는 사람이 되고 싶었지 4」)에서 타인의 목소리로 '오래' 살아야 할 운명인지도 모른다. 그러다 "잠시" 시적 공간에 들 때가 있다. 「꿈의 원천」에서 "나"는 "여자"와 "사슴벌레"가 이어진 공간 속으로 "잠시" 들어갔다 나왔다. '깜박이는 전구들'은 그 시간이 명멸하는 것처럼 보인다. 그러니까 "나는 잠시 여수(旅愁)에 있다"

(「꿈」, 『호주머니 속의 시』, 문학과지성사 2006)가 나온 셈이다. "잠시"라는 말이 마지막까지 서정적으로 펼쳐진 풍경이 있다면, 그것은 다시 "눈밭"이다.

> 눈이 내린다.
> 아무것도 가리지 않은 그대가
> 아무것도 가리지 않은 나에게로 가서
> 만나고 있다
>
> 겨울이 온다는 것도 하는 말일 뿐이다
> 겨울이 간다는 것도 하는 말일 뿐이다
> 겨울도 하는 말일 뿐이다
> ─「눈을 나르는 사람이 되고 싶었지 4」 부분

비로소 "꿈"이 "눈"처럼 결정화되는 풍경에 당도한다. "아무것도 가리지 않은 그대"와 "아무것도 가리지 않은 나"의 만남은 "잠시" 시적 공간을 개시한다. 그 공간 속에서 "나"와 "그대"가 만날 때 무엇보다도 중요한 것은 '온도'이다. 모름지기 "눈을 나르는 사람"은 "눈"의 온도에 맞게 "바구니"의 온도를 유지해야 하는 법. 자칫 '기다림'의 열기가 "아무것도 가리지 않은 그대"를 녹인다면 그만한 낭패도 없을 것이다. 하여 "그대"의 체온에 "나"를 맞추는 일, 그것이야말로 "사랑의 기술"이다.

그런데 왜 '와서'가 아니라 "가서"인가? 이것은 주체의 분리, 곧 "그대"를 만나는 "나"와 그것을 목도하는 "나"의 분리를 암시한다. "그대"가 만나러 "가는" "아무것도 가리지 않은 나"는 그 만남을 보는 '나'와 다른 장소에 있다. 그러니 '나'는 반쯤 사라진 "나"이다. 그렇다. "그대"와 만나는 순간 "나"는 두 공간으로 나뉜다. 그곳이 과거인지 미래인지는 확증할 수 없다. 다만, 비인칭 주체가 '만나는 주체'와 그렇지 않은 주체로 나뉘는 것은 분명하다. 그중 어느 것이 비인칭의 적자인지는 알 수 없으나 말하는 주체가 후자임에는 틀림없다.

그리하여 후자의 '나'에게서 마지막 "하는 말"들이 발화된다. "겨울이 온다는 것"도, "겨울이 간다는 것"도, "겨울"도 모두 그가 "하는 말"이다. 이렇게 그는 침묵 속으로 사라지면서 "잠시" 언어와 만난다. 그러니 지금 이 말도 모두 "하는 말"일 뿐이다. '비인칭' 같은 것도, "텅 빈 언어"도 말이다. "꿈"도……

張哲煥 | 문학평론가

어느 날 꿈을 꾸었다. 한번 꿈에서 깨어났으며, 다시 깨어
나기 위해 다시 꿈꾸고 있다.

2021년 동지(冬至)

임선기

창비시선 467

피아노로 가는 눈밭

초판 1쇄 발행/2021년 12월 31일

지은이/임선기
펴낸이/강일우
책임편집/최수민 박문수
조판/박아경
펴낸곳/(주)창비
등록/1986년 8월 5일 제85호
주소/10881 경기도 파주시 회동길 184
전화/031-955-3333
팩시밀리/영업 031-955-3399 편집 031-955-3400
홈페이지/www.changbi.com
전자우편/lit@changbi.com

ⓒ 임선기 2021
ISBN 978-89-364-2467-1 03810